親愛的鼠迷朋友，
歡迎來到老鼠世界！

謝利連摩・史提頓

U0106357

Geronimo Stilton

《鼠民公報》
辦公室

賴皮
（謝利連摩的表弟）

班哲文
（謝利連摩的姪兒）

謝利連摩·史提頓

菲
（謝利連摩的妹妹）

老鼠記者 9

地鐵幽靈貓
IL FANTASMA DEL METRÓ

作　　者：Geronimo Stilton　　謝利連摩・史提頓
主　　編：嚴吳嬋霞
譯稿審訂：嚴吳嬋霞
譯　　者：何倩茹　黃淑珊
責任編輯：冼金瑋
中文版封面設計：陳雅琳
中文版美術設計：張玉聖
出　　版：新雅文化事業有限公司
　　　　　香港英皇道499號北角工業大廈18樓
　　　　　電話：(852) 2138 7998
　　　　　傳真：(852) 2597 4003
　　　　　網址：http://www.sunya.com.hk
　　　　　電郵：marketing@sunya.com.hk
發　　行：香港聯合書刊物流有限公司
　　　　　香港新界大埔汀麗路36號中華商務印刷大廈3字樓
　　　　　電話：(852) 2150 2100　　傳真：(852) 2407 3062
　　　　　電郵：info@suplogistics.com.hk
印　　刷：C & C offset Printing Co., Ltd.
　　　　　香港新界大埔汀麗路36號
版　　次：二〇〇四年三月初版
　　　　　二〇一九年四月第十次印刷

全球中文版版權由Edizioni Piemme 授予

http://www.geronimostilton.com
Based on an original idea by Elisabetta Dami.
Art Director: Iacopo Bruno
Cover by Roberto Ronchi and Alessandro Muscillo
Graphic Designer: Lara Dal Maso / theWorldofDOT (Adapted by Sun Ya Publications (HK) Ltd.)
Illustrations of initial and end auxiliary pages: Roberto Ronchi, Ennio Bufi MAD5, Studio Parlapà and Andrea Cavallini |
Map: Andrea Da Rold and Andrea Cavallini
Story illustrations: Blasco Pisapia, Guido Cesana and Federico Brusco
Graphics: Merenguita Gingermouse and Topea Sha Sha

For information address Atlantyca S.p.A., Italy-Via Leopardi 8, 20123 Milan, foreignrights@atlantyca.it
www.atlantyca.it
Stilton is the name of a famous English cheese. It is a registered trademark of the Stilton Cheese Makers' Association.
For more information go to www.stiltoncheese.com
ISBN: 978-962-08-3912-2
© 2000, 2015-Edizioni Piemme S.p.A. Palazzo Mondadori, Via Mondadori, 1- 20090 Segrate, Italy
International Rights © Atlantyca S.p.A. Italy
Traditional Chinese Edition ©2004 Sun Ya Publications (HK) Ltd.
18/F, North Point Industrial Building, 499 King's Road, Hong Kong
Published and printed in Hong Kong.

老鼠記者 Geronimo Stilton

地鐵幽靈貓

謝利連摩·史提頓
Geronimo Stilton

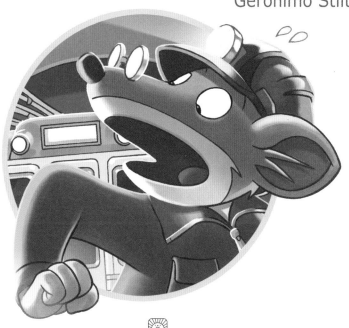

新雅文化事業有限公司
www.sunya.com.hk

目錄

畢粉紅

謝利連摩的助理

鼠偉克督察

調查地鐵幽靈貓事件的督察

莎莉‧尖刻鼠

《老鼠日報》總裁

安培‧伏特

發明家

地鐵驚魂

吱吱——！地鐵列車快要壓到我頭上了！我拚命地跑啊，跑啊，跑啊……

我突然驚醒了！

吁——，原來只是在做夢！

這時，電話**響**了。我伸長手爪，拿起電話筒吱吱地說：「你好，我是謝利連摩，**謝利連摩·史提頓。**」

我妹妹的尖叫聲刺破我的右耳膜：

「謝利連摩──！你還在睡覺嗎？你必須跑回辦公室！**馬──上──！**」

我一看鬧鐘，嚇得跳了起來。

什麼──？九時十分了？

我沒有聽見鬧鐘響過，現在要遲到了！

我正想跟我的妹妹說我正在出門，但是她已經狠狠地掛上了電話。

我**快速地**地洗了個澡，一邊打領帶一邊刷牙，一手把咖啡灌進喉嚨裏，一手開門，然後在跑下樓梯時把外套穿好……總之就像一隻發瘋老鼠一樣往外衝，致使在報攤匆匆忙忙買報紙的時候，差點被計程車撞倒。

　　我上氣不接下氣地向唱歌石廣場地鐵站跑去。吱吱——！

　　然而在等候地鐵列車的時候，我卻被可怕的貓叫聲嚇得跳起來……

喵喵——噢噢——

　　所有的老鼠都

擠向樓梯，驚慌地尖叫着：「**貓**！地鐵站裏有

貓！」

我也向出口跑去，但是與驚慌失

措的鼠羣保持一定的距離，以

免被壓扁。

一位年長的老鼠女士，手

爪牽着她年幼的孫兒，

歇斯底里地尖叫：

「**一隻貓**！

吱吱——，牠要一

口把我們吞掉

啊！」

小老鼠被嚇

怕了，大

哭起來。

我伸出手爪去牽小老鼠的手爪，然後低聲安撫他的祖母說：「老太太，不用擔心！沒事的！」

接着我緊緊地抓着小老鼠的手爪，小心翼翼地爬上樓梯。

「老太太，你走在我前面吧，這樣其他老鼠就不能推撞你。」我建議說。

終於，我們走出了地鐵站。

「謝謝你，你是真正的紳士鼠！」老太太感激地吱吱說。

我買了一個乳酪冰淇淋給小老鼠吃。

我親吻了老太太的手爪，有禮地喃喃說道：「這是我應該做的！」

幽靈貓

我看了看手錶：已經十時了！

我必須盡快趕回我的辦公室。糟了！不好意思，我忘了正式介紹自己！

我妹妹菲是報社的特約記者

我的名字叫史提頓，**謝利連摩·史提頓**！我經營《**鼠民公報**》，老鼠島上最受歡迎的報紙。

我**跌跌撞撞地**回到辦公室裏。為什麼沒有看到我妹妹菲的蹤影？

她是報社的特約記者。

突然，我聽見摩托車的咆吼聲。門被撞開，菲進來了。

我抗議說：「菲，我已經不止一次叫你不要把摩托車開進我的辦公室！」

她淘氣地傻笑着，然後把摩托車停泊在我的辦公桌邊。她一邊脫掉頭盔，一邊興奮地尖聲說：「**謝利連摩！謝利連摩！！！**看來地鐵站裏有一隻**巨大**的貓，還可能是幽靈貓呢！老鼠們在唱歌石廣場地鐵站裏聽見貓的叫

聲。多麼好的一則新聞啊！我們**一———定——**
能以**獨家新聞**打敗《**老鼠日報**》！」

我嘗試解釋：「聽見貓叫的時候，我也在
地鐵站裏……」

但是她沒有留心我的説話，就
已經坐在**電腦**前面，在網上搜尋更
多的消息。

她突然的尖叫嚇了我一跳：
「這裏有最近發生的事件的概要……**星期一**：
一股難聞的貓尿臭味瀰漫在乳酪拱門地鐵站
裏。**星期二**：有老鼠在乳酪大道地鐵站裏的
冰淇淋自動售賣機上，發現令鼠吃驚的爪痕，
估計是出自一隻大**貓**的腳爪！**星期三**：在鼠
海道地鐵站的手扶電梯上發現大**貓**的爪印。**星
期四**：在爪子道地鐵站裏，乘客被一隻大**貓**

的影子嚇得魂飛魄散。**星期五**（就是今天）：在唱歌石廣場地鐵站裏聽見可怕的貓叫聲。傳聞是幽靈貓作怪，因為地鐵站裏的燈不時無故熄滅……」

「啊，請幫個忙吧！不要再說那個字了，我的意思是『貓』字，它讓我毛骨悚然，鬍子也扭作一團！我最怕貓了！」

我妹妹說：「嘿！像往常一樣，一隻『膽小鼠』！」

跟高爾夫球有什麼關係？

正好這個時候，來了一份傳真，是新聞公告。

鼠偉克督察決定關閉所有地鐵站，以策安全。

菲尖叫說：「無論如何，我絕對要查清楚！」

她開始打電話給她**所認識**的政府高層人士：妙鼠城的市長廉正‧家庭鼠、總警司波比‧巡邏鼠……還包括城裏最有名的私家偵探——大力鼠。

大力鼠

菲放下電話，樣子非常失望。

「**吱吱——**！不——可——思——議！竟然沒有一隻老鼠知道或者願意告訴我這宗地鐵事件！」

這個時候，已經快黃昏了。

突然，我的腦袋裏閃過一個主意：「我有沒有告訴你我又開始打高爾夫球了？」

她不耐煩地說：「跟高爾夫球有什麼關係？」

我解釋說：「巧合的是我剛剛在高爾夫球俱樂部認識了遠射鼠，他是地鐵公司的經理。我要打電話給他，看他對今天發生的事有什麼意見。」

遠射鼠

我對着電話筒低聲說：「午安！我的好朋友！我是謝利連摩‧史提頓，你最近有打球嗎？哦，你剛剛贏了對上一場？恭喜你！對了，你可以給我一些關於地鐵神祕事件的消息嗎？吱吱真的嗎？啊，嗯，我明白⋯⋯」

　　我掛了電話，很失落。

　　「連遠射鼠也不能告訴我什麼。看來確實是一個**最高機密**的**檔案**。」

　　這個時候，我的表弟賴皮進來了。他像往常一樣，沒有敲門，手裏捧着包裹和購物袋。

　　「你們聽到消息了嗎？詢眾要求，我準備自己開一家百吉餅*店！叫做⋯⋯」

*百吉餅 (bagel)：一種質地堅韌耐嚼的環狀餅，用不着色的酵母加在麵粉中做成。

老表，什麼事？

賴皮吮着梵提娜乳酪*棒棒糖，吱吱地問：「老表，什麼事？」他把棒棒糖放進胸前的袋子裏，坐進扶手椅子裏，一雙腳爪架在我辦公桌上，手爪拿着牙籤剔牙。

「請問你介不介意坐得像一隻文明的老鼠呢？」我**生氣地**問。

他拿出嘴裏的牙籤開始清潔手爪甲，接着又用小爪指掏耳。「嗨，今天吃了火藥，啫喱*仔？」他吱吱地說。

他打了個呵欠，又抓着鬍子說：「**我嗅到今天的空氣有濃烈的啫喱味，對嗎？**」

*梵提娜（Fontina）乳酪：一種產於意大利北部的半硬乳酪。
*啫喱：謝利連摩的暱稱。

　　我大聲喊：「賴皮，難道你沒看見我們很忙嗎？我們正忙着籌備地鐵幽靈的報道。這肯定是**獨家新聞**啊！」

　　他馬上想了個好辦法：「你說是**獨家新聞**？我肯定你一定需要一些極其機密的消息……看招吧！」

　　他用那隻沾滿黏糊糊的**棒棒糖漿**的手爪抓起電話筒，解釋說：「啞口鼠是我的朋友，他的叔叔是地鐵站清潔隊隊長的大表兄所住的大廈的看門鼠。我常常跟啞口鼠在**告密酒吧**一起玩賓果*遊戲。」

　　他對着電話尖聲說：「你好！啞口鼠嗎？是你嗎？老友，最近過得怎麼樣？掏乾淨你的耳朵，我需要一些關於地鐵裏的**貓**的消息……啊，你想知道為什麼。這個與你無關，你這隻

＊賓果(Bingo)：玩者手持一張或數張印有不同數字排列的紙牌，主持人會叫出不定的數字，只要其中一位玩者以最快的速度把所叫的數字連成一直線，便大叫「賓果」勝出。

賴皮抓起了電話筒

愛管閒事的老鼠！好的，回電話給我。我在《鼠民公報》的辦公室。知道電話號碼嗎？知道嗎？全部老鼠都……」

三分鐘（僅僅三分鐘）後，電話響了。賴皮回答說：「很好……真的嗎？別開玩笑……太奇特了……哎呀！啞口鼠，當然很好……我的意思是……真的……吱吱！好的，啞口鼠，我欠你一個鼠情！對了，希望在我的肚滿腸肥能看見你！」

他放下電話筒：「我什麼都知道了！」

菲抓起筆記簿，急不及待地尖叫說：「接着呢？」

我表弟竊笑着說：「等等，表妹，冷靜點……我們先來談談生意。我的百吉餅店還差點錢！」

機密消息

　　賴皮丟了一粒葛更佐拉乳酪＊糖進嘴巴裏，滿足地吮着。

　　「這是我的條件：我把我得知的地鐵**貓**事件的內幕告訴你們，菲，你負責寫文章，謝利連摩負責出版。得到的錢這樣分配：

80% 歸我……

20% 歸你們！」

　　我氣得冒煙。「恭喜你！這真會善待自己

＊葛更佐拉（Gorgonzola）乳酪：以意大利米蘭市郊的葛更佐拉村命名的上等乳酪，用白乳酪或羊乳製成。

的親戚！」

　　他假裝被冤枉了，還反駁說：「我對你們已經非常公平了！我可以要 **85%**，或者甚至是 **90%**……對了！我為什麼不要 **99%** 呢！

再想想，我為什麼不去找《老鼠日報》的總裁莎莉‧尖刻鼠談這宗生意呢？我敢打賭，她必定不惜重金，傾盡全力換取這些關於 **貓** 的內幕……」

　　一聽到那個字，我就會發抖（像往常一樣）。

謝利連摩，你這個吝嗇鬼！

「什麼？什麼？什麼？我的表弟站到我敵人那邊去了？你知道莎莉·尖刻鼠是我的**頭號敵鼠！**」我憤怒地抗議說。

他用受害者的語氣說：「是你逼我這樣做的！實際上是你用那小器的態度，把我扔到她臂彎裏，我多麼傷心啊！而且，我甚至想起在小時候⋯⋯」

我冒火了！

「是這樣嗎？你說我是吝嗇鬼僅僅是因為我不接受你的無理條件嗎？」

我妹妹補充道：「要我把**99%**給你也可以，只是我會先把你的鬍子拔光，把你

的尾巴打結，把你的耳朵嚼爛。你這張切達乳酪臉！無論如何，我不要你那幼稚消息的片言隻語！」

　　就在這個時候，畢粉紅✳進來了。

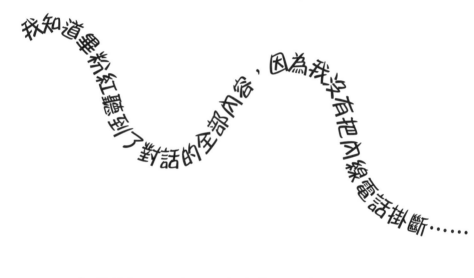

我知道畢粉紅聽到了對話的全部內容，因為我沒有把內線電話掛斷……

✳ 畢粉紅，14歲，早上上學，下午以兼職員工的身分來《鼠民公報》當參謀。

合作愉快，夥伴！

畢粉紅

畢粉紅穿着那雙水陸兩用的鬆糕鞋蹦蹦跳跳地進來了，她大聲喊道：「大家停一停！」

賴皮停止了跟菲的爭論，吱吱地問：「你是誰？」

畢粉紅嚴肅地說：「我叫畢粉紅，是謝利連摩先生的助理。這是我（我們）提出的條件：

1. 賴皮告訴我們他所知道的一切。

2. 我告訴你們怎樣進入地鐵隧道內，即使所有的進出口都被警察封閉了。

3. 菲組織整個探險行程。

4. 最後謝利連摩提供資金。」

她相當自信地總結說：「**賺到的錢將會平均（那當然嘛）由我們四個合作夥伴攤分！**」

賴皮抱怨說：「什麼？平均分配？你的意思是想開百吉餅店的可憐賴皮只有 **25%** 的錢？」

畢粉紅相當堅決地回答：「**25%**！不要就算！」

接着她伸出她的小手爪。

「怎樣？一言為定？」

賴皮用力地握着畢粉紅的手爪，而我肯定地看見他眼裏充滿了欣賞的眼神：

「**合作愉快，夥伴！**」

18 噸大貓？

　　賴皮開始敍述啞口鼠告訴他的事：

1. 今天，在唱歌石廣場地鐵站的乳酪冰淇淋自動售賣機上，發現新的貓爪印。

2. 檢驗了貓爪印的深度後，鑒證科指出這些爪印來自一隻高6米，長20米，體重超過18噸的貓。

3. 在乳酪拱門地鐵站裏找到多束貓毛和一條80厘米長的貓鬍子。

4. 妙鼠城老鼠博物館的貓類學家進一步提出，這應該是一種特別大的**家貓**品種，牠長着**深灰色**的毛和一條毛茸茸的長尾巴。

5. 一位主修貓類心理學的心理學家在地鐵隧道裏設了一個陷阱捉**貓**。看起來（這是最高機密）誘餌會是400盒廢貓牌「卜卜脆」餅乾！

四個乳酪薄餅！

　　菲拿起電話筒，打電話到街角的那家運動用品專賣店。「你好！我需要四套隔熱套裝、四雙膠底靴子、四支手電筒……」

　　賴皮向她眨了眨眼睛：「做得好，表妹！讓我來照顧大家的胃吧！」

　　他打電話給我辦公室對面的薄餅店：「你好，要四個**特辣的**重量級加大號乳酪薄餅，這是給胃像鴕鳥那麼大的老鼠吃的，上面還要加上生大蒜片、紅洋葱丁、咖喱莎樂美腸 * 片、少許乾的藏紅花 * 粉，一點肉豆蔻和大量的辣椒粉……」

＊莎樂美腸（Salami）：一種意大利腸，經煙燻乾製而成。

＊藏紅花（Saffron）：一種草本植物，有橘黃色的花柱，柱頭上有紫色或白色的花。曬乾了的藏紅花的柱頭芳香且辛辣，用作替食物添色、烹調香料和染料。

像一個真正的食家一樣，他接着補充説：
「我的那個薄餅，再加上一些浸過糖水的鳳梨
塊和一點（不，是很多才對）滲着蜂蜜的奶
油！不要忘了櫻桃（當然是要果脯那種）。」

　　他想了一會兒後，對
着電話筒大喊，簡直
要把電話另一頭
的老鼠震聾！

　　「重點就是
多！每樣東西我
都要很多很多，因為
是我的表哥謝利連摩·
史提頓付錢！」

上面要加上生大蒜片、紅洋蔥丁、
少許乾的藏紅花粉、
一點肉豆蔻和大量的辣椒粉……

咖喱辣醬美腸片、

　　在收線之前，他喊出了最後一個命令：
「還有一件事，在我表哥的薄餅裏加**辣椒**吧，

這樣可以讓他的胃強壯一點！」

我想抗議，並且叫一碟熱飯（我的胃很差勁），但這時菲直視我的眼睛說：「謝利連摩，你跟我們一起去的，**是吧**？」

我保持沈默。

我根本沒有打算爬進地鐵隧道裏，跟大貓臉對臉那樣四目交投。

所以我嘗試躲開這個話題：「嗯，我覺得我染上感冒了。還有就是地鐵隧道裏一定很潮濕，你知道我的尾巴有風濕病……」

賴皮假裝冷淡的樣子，喃喃地說：「謝利連摩，我想起來了……我的朋友鼠古路聽說莎莉·尖刻鼠也在調查這事件。你不會想看到她捷足先登，把這獨家新聞從我們手爪中搶去吧？」

只要一提起莎莉・尖刻鼠，我的鬍子就扭捲起來。

我馬上改變主意：「嗯，我決定和你們一起去！」

食飽肚，好用腦！

過了一會兒，門鈴響了：是送薄餅的。

賴皮狼吞虎嚥地吃下了自己的薄餅，把我的也吃了（我吃一小塊就胃痛）。

菲收拾她的照相機、筆記簿……

這個時候，賴皮把一個購物袋裝滿了食物。我從老遠就可以聞到味道了！

「**食飽肚，好用腦！**」他滿足地吱吱說。

門鈴又響了：這一次是運動用品專賣店送東西來的跑腿鼠。

無可奈何地，我穿上我的特殊裝備，還用一些黑色的化妝顏料把毛染黑。我穿上了一雙

防水的靴子，戴上一頂裝上射燈的頭盔。我在一邊的肩膀上，掛上一條堅韌的、一頭帶鈎的繩索。我祈求沒有老鼠看見我現在的模樣……畢竟我是一隻文化鼠，我需要維護自己的名聲！

我們都準備好了，一切都準備好了。八時正，我們出發。

天幾乎全黑了。比起外出調查獨家新聞的記者，我們更像一班準備偷東西的小偷……

畢粉紅把我們帶到魚市場後面的一條窄窄的小巷，就在港口那一帶。

她指着一個下水道口說：「所有的地鐵站出入口都已經被警察封了，但是我們可以從這個下水道口

進去。」

她拿出一張彩色影印的地圖說：「56 號**下水道**就在這裏底下。如果我們沿着它走半個小時，我們就可以去到地鐵 7 號線。」

賴皮欽佩地驚叫：「你到底怎樣把這張地圖弄到手的？」

畢粉紅偷笑着說：「是我的學校密友高菲‧笨蛋鼠給我這份影印本⋯⋯他是 M.S.O.*（妙鼠城下水道監督）。這是我跟他交換的條件，我答應高菲，下星期二的數學模擬考試讓他抄我的試卷！」

高菲‧笨蛋鼠

「下水道？」我尖叫說：「我

* M.S.O.: Mousatia Sewers Overseer

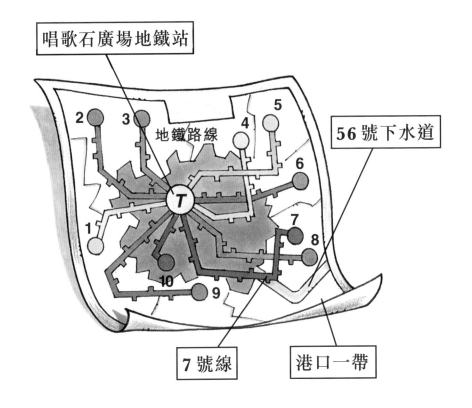

唱歌石廣場地鐵站

2　3　地鐵路線　4　5

56 號下水道

6

1

7

8

10　9

7 號線

港口一帶

妙鼠城地鐵路線圖

Ⓣ 點：唱歌石廣場

L1：蒙娜麗鼠道地鐵站　　　L6：乳酪大道地鐵站

L2：乳酪拱門地鐵站　　　　L7：乳酪廣場一號地鐵站

L3：爪子道地鐵站　　　　　L8：鼠海道地鐵站

L4：聖心鼠大道地鐵站　　　L9：旺旺大道地鐵站

L5：鬍子道地鐵站　　　　　L10：巴洛克大道南地鐵站

堅決反對進入下水道！我是一隻身分顯著的老鼠！」

賴皮得意地嘲笑我說：「我說這叫作膽小如鼠⋯⋯

膽即膽小非常，

小即小器得很，

如即如此沒用，

鼠即鼠目寸光。

接着他大喊：「想想莎莉吧！她可能已經在下面，正在偷你的獨家新聞呢！」

菲移開下水道的蓋，一鼠當先下去了，接着畢粉紅也下去了。我很不情願也跟着下去，

而賴皮堅持走在最後。

「我要確保我們這位英雄，即是我們身分顯著的文化鼠，是不會逃跑的！我太熟悉他了！就算是小時候⋯⋯」

我正想轉過身，對他說一下我的看法，菲卻責罵我和賴皮。

「**噓一！** 閉嘴，向前走！」

貓貓貓貓……

街道的下面，漆黑一片。

我們沿着鐵梯子，每次往下爬一級，腳爪踩在又濕又滑的梯級上。我非常慶幸我穿上了膠底的靴子。

太冷了！我打了個噴嚏。

「乞啾——！乞啾——！乞啾——！」

「我早就知道了！我感冒了！」我抱怨說。

賴皮假裝同情我：「可憐的啫喱仔感冒了！」

我想抬頭抗議一下，但是梯級又濕又滑，

我怕腳爪一滑，就會掉下去。

這條通道到底有多深？

我不敢向下看，因為我畏高！我們順着這條似乎沒有盡頭的梯子向下爬。過了很久，菲低聲說：「到了！」

我把腳爪放在地上，如釋重負地歎了一口氣。

我們開了所有的手電筒，小心地沿着地下通道前進。

我們走在狹窄的、濕滑的通道上。

我們的左邊有一條骯髒而且發臭的溝渠。

賴皮用手爪指向我的背部，吱吱地說：「謝利連摩，有一隻**貓**在你的後面！」

「什麼？哪裏？救命啊──！」我害怕得尖叫起來。

「上當！上當！」

賴皮得意地大笑起來。

我憤怒地咬着自己的尾巴！

賴皮繼續嘲弄我：「我聞到死**貓**的味道啊！」

「不要說那個字啦！」我發抖了。

他假裝驚訝地說：「啊，那個**貓**字打擾了你嗎？多麼有趣啊……為什麼特別是**貓**這個字呢？只有**貓**這個字，還是其他字也一樣呢？我是指除了**貓**這個字以外。如果我不斷重複這個

左邊有一條溝渠

字又會怎麼樣呢？是好一點還是更糟呢？

貓貓貓貓貓貓貓貓貓」

「停嘴吧！求求你了！」我吱吱地說。我摀着耳朵，這樣就聽不見那個字了。

菲命令我們：「停嘴！你們兩個！」

他偷笑着說：「又躲在女生的裙子後面，嗯？就像小時候……」

他說了一半就停住了，還尖叫起來：「**吱吱——**！誰夾我的尾巴？」

在黑暗裏是沒有可能知道是誰做的，但我猜是畢粉紅。啊，畢粉紅是唯一站在我這邊的（即使只有在她喜歡的時候）。

菲滿意地總結說：「現在你倆算是打個平手吧，跟我走！」

貓糞

菲用手電筒照亮了地下通道的地圖。「我們幾乎要走到56號下水道的盡頭了，這就是説我們很快就會到達地鐵 7 號線。從那裏，我們可以走到 (T) 點——唱歌石廣場——亦即是全部的地鐵線都從這個中心點延伸出去的！」

我們繼續沿着排水道行進。突然，我被一團黑漆漆的東西絆了一下。

「踩到**貓糞**嗎？老表！」賴皮又在開玩笑。

我打了無數個寒顫。

那條溝渠裏流着的污水，發出惡心的腐爛惡臭，更糟糕的還是附加了消毒藥劑味道，例如漂白水、氯氣和石炭酸。

賴皮依然保持開玩笑的情緒：「真的很像是**貓糞**的氣味，是嗎？謝利連摩。」

「看在上帝的份上，不要再説那個字了！」我説，嘗試保持冷靜。

賴皮開始唱歌：

從前有隻**貓**，

老鼠養胖牠，

身手靈又敏，

聰明小花**貓**。

我實在忍無可忍，大喊：

夠了了了了了了了了了了了了了了了！

他抗議說：「我不知道連唱歌也被禁止！你有沒有打算去檢查一下你的腦袋呢？謝利連摩。你看起來就像完全失去理智一樣！」

現在，我真的被激怒了！

我報復說：「**如果有鼠需要檢查腦袋的，那個就是你！知道嗎？老友！**」

賴皮不慌不忙地評論說：「不要大呼小叫的，要不然貓會來勾你的舌頭……」

我再也控制不住自己了，但是我不要看見他因為我生氣而神氣的樣子。

我們快到達56號下水道的盡頭了。

突然，我們的手電筒同時熄滅了，我看見一雙兇巴巴的黃色眼睛在黑暗中閃耀。

我嚇得敞開喉嚨大聲呼叫

救命——啊！！！

幽靈——

貓——！

幾秒鐘過後，手電筒像變魔術一樣又亮起來了。我安慰地歎了一口氣。正當我的呼吸恢復正常時，賴皮指着我的後背吱吱地説：「謝利連摩，一隻**貓**！就在你的背後！」

「嗯？哪裏？救命！」我尖叫着，再度恐慌起來。

「*小把戲*，*小把戲*！」狡猾的賴皮在鬍子掩飾下偷笑着。

我的手爪恨不得把他的鬍子一根一根地扯下來！

我們繼續向前走。賴皮又尖叫説：「謝利連摩，一隻**貓**！就在你的背後！」

我抗議：「玩夠了，無聊的*小把戲*！」

我轉過身查看一下，立刻嚇得逃開，並驚恐地**吱吱叫**。在我背後出現一隻巨大的**貓**影子，張牙舞爪的，一副相當飢餓的樣子！

一隻巨大的貓影子正在張牙舞爪

像溝渠鼠一樣

下一秒鐘，貓影就消失了。我們嚇得呆呆地站在那裏好幾秒鐘，然後躲到一個轉彎的角落。

我們的鬍子都在顫抖。

菲給我們半小時的休息時間來重新振作。賴皮馬上翻尋他購物袋裏的東西。

他尖聲說：「我們需要大力的咀嚼了！」

他從購物袋裏拿出來的，首先有碎海藻餡餅，接着是一小罐莫澤雷勒乳酪*醬和一罐茄子果凍，然後是一個熟透的麗可塔乳酪*蛋糕、一盒新鮮巧

---

*莫澤雷勒（Mozzarella）乳酪：一種意大利淡味乳酪，常用於烹飪中。

克力和一個苦味巧克力慕絲蛋餅。

　　賴皮打開一個保溫瓶，熱氣往外沖出來，我聞到了一股燻鯡魚的味道。他滿足地吮飲，還拍了拍自己的嘴脣。

　　最後，他吃了蔥味的口香糖。「要保持口腔清新。」他解釋說。「口氣好像有點臭！」

　　然後他滿足地撫着肚皮：打了個嗝：

「呃！」

　　他吃飽了，開玩笑的心情回來了。「有老鼠把**貓**引出來了！那就是說，誰想跟**貓**玩，誰就會被**貓**抓起來！」

　　我跳了起來，沒有說什麼，我一手拿起剩下的乳酪蛋糕，準備向賴皮那張嬉皮笑臉抹去。這時，菲阻止了我。

　　「沒有時間讓你們像小孩子似的打架了！

＊麗可塔（Ricotta）乳酪：一種未發酵的乳酪，質地細緻，味道清爽，略帶酸味。

我們要準備穿過下水道。看見那邊的通道嗎？那就是地鐵7號線的起點，但我們必須先穿過這條溝渠。」

「**不要**，**不要**，是**不要**！我拒絕走進臭水溝，那實在超出我的極限！」我反對說。

菲已經開始過溝了，「隨便你。我們現在就走。」

一條非常臭的溝渠

我跑到她的後面。

「等一下！你準備把我扔在這裏嗎？我是你的親哥哥呀！」

菲苛刻地回答說：「你自己決定吧！我沒有時間等你！怎

麼樣？」

我垂頭喪氣地，夾着尾巴跟在他們的後面。我不要自己一隻鼠留在這個惡夢似的地方！

菲向臭水溝的對岸扔出繩索，鐵鈎卡在對岸的梯子上。

我們攀着繩索橫過溝渠。幸虧發臭的污水不算很深，但也差不多淹到我們的嘴巴了。

溝渠的底部都是泥濘，我很害怕滑倒。多麼恐怖的經歷啊！

在這種有液體流動的地方，若像那些**討厭的**溝渠鼠一樣溺死，真是可怕！**嗚呼……**

過了很久，我們終於到達對岸。

現在，我們站在地鐵7號線的隧道。

幽靈貓的腳鏈

我們聽見鐵鏈發出的叮噹聲和可怕的貓叫聲：

喵喵喵 噢噢噢

幽靈貓一定在我們附近，而且很近！

我的心狂亂地跳動。

為什麼？為什麼？我為什麼跟着他們來這種地方？

貓叫聲又突然停止了。

賴皮提議吃小食來壯壯膽。

「這是我用特別配方自製的：牛肚三文治⋯⋯用的是很特別的調味醬料！」

他哼着小調，拿出一根牙膏狀的細小軟管，然後扭開它，從裏面擠出一些惡心的東西塗在肉片上。

　　「三倍濃縮大蒜醬！美味得準叫你舔鬍子！」

　　我們一致向後跳。

　　那些牛肚三文治發出的臭味遠比**下水道的臭**味難聞，我不騙你！

濃縮大蒜醬！美味得準叫你舔鬍子！

貓陷阱

　　我們向 Ⓣ 點唱歌石廣場地鐵站走去。我們沿着鐵軌旁邊狹窄的橫木單列行進，手電筒的光為我們引路。

　　不安的寂靜被水珠滴下來的聲音打破：

滴！滴！滴！

　　菲警告我們說：「一定要走在橫木上，不要走在路軌上，因為它們是非常危險的！給列車供電的電線是沿着軌道走的，要是觸碰到電線，你們一定被電死！」

　　我們終於來到唱歌石廣場地鐵站。

　　寬敞的水泥月台（乘客在

這裏等候列車）被強燈照得燈火通明。

我們放心了，向光明走去。突然，傳來一些聲音，於是我們躲在電話亭裏緊緊地抱在一起。原來是鼠偉克督察和他的助手。

「督察，我們沒有找到**貓**爪印！沒有**貓**的，也沒有老鼠的爪印。」

「**嗯**——」鼠偉克喃喃地說。

他的助手繼續說：「不管怎樣，**貓**陷阱已經準備好了！貓類心理學家已經在現場就位。他準備了一個絕妙的計劃，稱之為

鼠偉克督察

『卜卜脆誘惑』。」

　　鼠偉克督察大聲問：「『卜卜脆誘惑』？可以用它們搞什麼？」

　　「啊！」助手自豪地說，「你不知道要找400盒給**貓**吃的『卜卜脆』貓餅乾是多麼的困難，不過最終還是……」

　　「最終怎麼樣？」督察咆哮着。

　　「最終把全部『卜卜脆』貓餅乾都裝到一個10米**高**4米**寬**的特製大盒裏面。大盒子由一個裝置有絞盤和滑輪的複雜儀器來回震動，沒有一隻貓可以抵擋『**卜卜脆**』響的聲音。不但這樣，我們的同事傻豹鼠調查員已經藏在盒子的背後，他會定時搖動一個巨大的鈴鐺來引誘那隻貓！顯然，**貓**是很喜歡鈴鐺的（心理學家的說法）。」

他們把「卜卜脆」貓餅乾裝到一個大盒子裏

鼠偉克氣得快要爆炸了：「『卜卜脆』……滑輪……鈴鐺？」

助手堅定地繼續說：「我們還放置了一個擴音器，播放着這句話：**小貓咪，小貓咪，小貓咪……**」

鼠偉克憤怒得鬍子直抖，他尖叫着說：「你把這個叫作科學方法？你帶來的心理學家就是做這種事嗎？」

他憤怒地走了。

看着他走開，我不禁發現妙鼠城的地鐵站已經**日久失修**了！椅子變彎曲，地上到處是

污漬，牆壁上滿布塗鴉。

　　妙鼠城的地鐵在五十年前建成，現在看起來已相當殘舊和破爛，它確實需要翻新了。

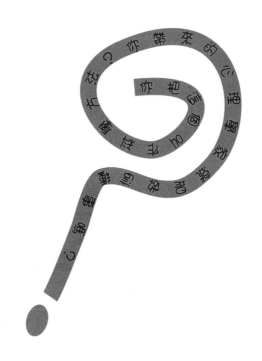

妙鼠城的地鐵站已經日久失修了！

我要拔掉你的鬍子！

正當我們準備離開藏身的地方時，我們聽到更多的聲音。

我立即認出了一把女老鼠的聲音！

是《老鼠日報》的總裁莎莉·尖刻鼠，我的頭號敵鼠！

我聽見她偷偷地笑說：「**我說**，想到要打敗《鼠民公報》，我的鬍子就高興得**轉動**起來。我要這則**獨家新聞**炒得火熱，**我說**！那隻蠢老鼠謝利連摩·史提頓死了都不知道發生什麼事！**我說**！！！」

我憤怒得要爆炸了！

莎莉的同伴是他的主編鼠寶·無名鼠。那

隻可憐的老鼠正在用他的放大鏡近距離搜索着地面，一臉疑惑，他的樣子看起來沒信心找到證據。

「鼠寶，移開你的尾巴！**我說！！！**」莎莉說。

他舔了舔自己的鬍子：「嗯，尖刻鼠小姐，我可以去買一個乳酪冰淇淋吃嗎？那裏有自動售賣機⋯⋯」

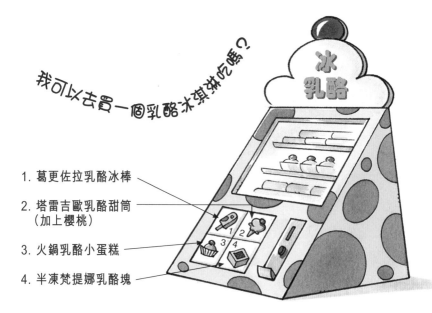

我可以去買一個乳酪冰淇淋吃嗎？

冰
乳酪

1. 葛更佐拉乳酪冰棒

2. 塔雷吉歐乳酪甜筒
（加上櫻桃）

3. 火鍋乳酪小蛋糕

4. 半凍梵提娜乳酪塊

莎莉尖叫：「冰淇淋？**我說？？？**鼠寶，移開你的尾巴！給我線索！快快去找！**我說！！！**」

正在這個時候，我要打噴嚏了：「**乞——乞——！**」

賴皮閃電般地用他的手爪捂住我的鼻子，把噴嚏止住了。

莎莉豎起耳朵響亮地尖叫說：「**我說，**我發誓聽見謝利連摩・史提頓的聲音！他就在附近！**我說！！！**」

鼠寶低聲地吱吱說：「但是尖刻鼠小姐，這裏只有我們兩個，我肯定！」

她揑着他的耳朵說：「閉嘴！鼠寶。繼續工作，**我說！！！**」

突然，我聽見可怕的貓叫聲。是幽靈貓！

鼠寶，移開你的尾巴！

鼠寶‧無名鼠的臉變得慘白，就像被洗過的莫澤雷勒乳酪一樣。但是莎莉卻在大聲叫喊：「有種的就出來顯示你那醜陋的貓臉吧！**我說！！！**我會撕斷你的尾巴，拔光你的鬍子，我要剝掉你的皮！**我說！！！我說！！！我說！！！**」

　　像是回應她的話似的，所有的金屬物品**向1號線隧道瘋狂地飛過去，那就是貓叫聲傳出來的地方。**

　　地鐵站的燈全都熄滅了。

　　莎莉嚇了一跳，高叫着：「**我說！！！**」

　　受驚的鼠寶‧無名鼠跑掉了，他消失在漆黑裏。莎莉跑在他的後面叫喊着：「回來，你這隻膽小鼠，不然我就開除你！**我說！！！**」

全因一隻靴子

燈又亮起來了。畢粉紅屏着氣不高興地說：「現在我們能出來了嗎？我實在受不了！首先是那個督察，接着是莎莉⋯⋯」

我們跳上月台，菲到處拍照和做筆記。突然，我看見隧道盡頭有兩點黃光，難道又是幽靈貓的眼睛嗎？

不是，這次是地鐵列車！

我聽見**呼叫聲**：「**吱吱——**！救命啊！」

我轉身一看，賴皮從月台上掉下去了。我盡量伸長我的手爪幫助他爬上來，但是很快發現他的左腳靴子給卡在鐵軌空隙間！

「**吱吱——**！」我表弟叫喊着。

我很小心地慢慢爬下月台，努力不讓自己碰到鐵軌。

我用力地拉呀拉，但是一點用處也沒有，靴子還是給卡着！

「我不行了！你走吧，謝利連摩！至少讓你自己活下來！」

我什麼也沒說，開始瘋狂地解開他腳踝上靴子的帶。

上面有十二個鈎⋯⋯

一，二，三，四，五，六，七，八，九，十，十一⋯⋯

地鐵列車快要壓到我們頭頂了……

……十二！

賴皮用力一扯，把腳爪扯出了靴子，我們跳上月台。

一秒也不差！

我們安全了。

列車急駛過去，掀起一陣強力的氣流，使我們團團轉暈陀陀。注入我們肺裏的那團黑塵又嗆得我們大聲咳嗽。

貓糧

菲和畢粉紅向着我們飛奔過來。

畢粉紅高興地尖叫着：「**老闆**，我還以為你要變成**貓**糧呢……」

又是那個字！我忍不住地發抖了。

我以一千個莫澤雷勒乳酪製成的飲料發誓，他們為什麼老是重複說它呢？

菲指着她的照相機。

「全部給拍下來了！真是一次心驚膽顫的逃亡啊！謝利連摩，我把你快要被列車壓過的情景拍下來了。多麼精彩的鏡頭啊！它一定能替我贏得本年度的最佳照片

獎！噢，這提醒了我，我非常高興你能死裏逃生，小兄弟……」

我微笑了。我了解我妹妹，雖然她的外表像個女強人，其實心底裏是很愛我的。

賴皮向我走過來，他穿着靴子的腳爪一拐一拐的。他張開嘴好像要説什麼……但是他什麼也沒有説，只是靠在我的肩膀上大哭起來！

我也沒説話，眼睛裏充滿了淚水，並用手爪輕輕地拍打他的肩膀。

過了一會兒，他咕噥着説：「我可以請你吃乳酪冰淇淋來慶祝我們還活着嗎？不如來兩個塔雷吉歐乳酪＊甜筒，上面加櫻桃吧？」

我們走向冰淇淋自動售賣機時，依然緊緊地互相摟抱着。

＊塔雷吉歐（Taleggio）乳酪：一種意大利乳酪，表皮是淺橘色，內部是白色。

兩個塔雷吉歐乳酪甜筒，上面加櫻桃！

這個時候，菲喃喃地說：「我想知道到底是誰在駕駛列車。我不相信世上有幽靈，我就是不——相——信！**一定**另有原因的。」

當賴皮把硬幣投進冰淇淋自動售賣機的時候，我被地上一個閃閃發亮的東西吸引住了。

我彎下腰看，感到奇怪：這是一枚銀戒指，上面有乳酪形狀的印章。

　　我把它撿起來，細細觀察，發現上面刻有兩個大寫字母 **A.V.**。

這是一枚銀戒指，上面有乳酪形狀的印章。

跟着貓爪印走

當我撿起戒指的時候，我還發現另外一些東西：地上有一個奇怪的污漬。我再仔細地檢查，它看起來像是什麼動物的爪印！

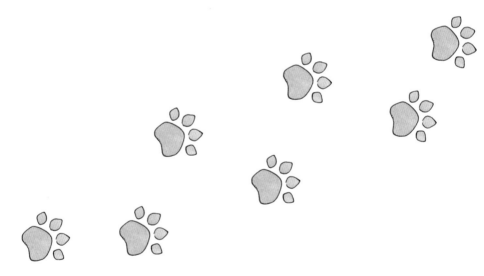

　　太刺激了，我把他們都叫過來：「我找到
一個神祕的爪印！」

　　賴皮跑過來看，他的鬍子因好奇而抖動：
「這看起來好像是貓……我的意思是貓類科生
物的腳爪印！」他更正説，並眨着眼睛看着
我。

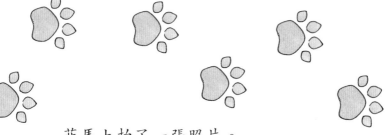

　　菲馬上拍了一張照片。

　　「看，那邊有更多的爪印，我們看看它們
走到哪裏？」

　　我們跟着那些爪印走進了地鐵1號線的隧
道。

神秘之門

在漆黑的地鐵1號線隧道裏，到底藏着什麼祕密呢？這裏可能是幽靈貓的藏身地方⋯⋯想到這裏，我顫抖了！

我們跟着爪印在狹窄的月台上走，一直走進了隧道。

在手電筒的光照射下，我們發現了更多的爪印。我們跟着這些爪印一直走，直到畢粉紅喊叫：「看，爪印在這堵牆前面消失了，就像是穿過牆壁留下了爪印。這只有幽靈才能做得到！」

菲回答：「不——可——能！」

我們仔細地檢查了牆壁，沒有發現什麼！

我從眼角看見畢粉紅在玩她的 **搖搖**。突然，她沒拿穩，**搖搖** 掉到遠處的一個地方。

她走過去撿，突然喊叫：

「**救命啊——！**」

我轉過身來：畢粉紅不見了！她去了哪裏？我們叫着她的名字，到處找她，但是她像在空氣裏消失了一樣，像幽靈貓一樣！！！

菲喃喃地說：「這裏一定有一條祕密通道。我們徹底地把牆壁檢查一次吧！」

她用手電筒照射每一塊石頭，用手爪敲它，直到她找到一塊聽起來空心的石頭。「對了！我確信通道一定是在這塊石頭的後面。看着吧！」

　　她把手爪壓在石頭上，接着**一大塊**的牆壁靜靜地旋轉起來。

　　真的是很安靜，沒有聲響。我**史提頓**，**謝利連摩·史提頓**發誓，我說的全是真話，菲在牆壁後面消失了。

　　「輪到我們了！」賴皮吱吱地說。

　　恐懼使我的皮毛全都直豎起來，但是我不要做如常的「膽小鬼」，所以我跟在他的後面。

　　我們把手爪壓在石頭上面……它靜靜地旋轉了。

在牆壁的另一邊，漆黑一片。

「謝利連摩，是你嗎？」我妹妹小聲地問。

她打開手電筒，照亮了一道下降的樓梯。這裏充滿濃烈的霉味，牆壁上有一層**硝酸鈉**。**哇──！多麼可怕**！我們小心地走下那道破爛的樓梯，越走越深。

終於，我們走到了最後一級：在我們面前豎立着一扇巨大的橡木門，門上面有一個巨大的鑰匙洞，還插着一根巨大的鑰匙。

在神祕之門的正中間，刻着**A.V.**兩個大寫字母。

菲用手爪嘗試將它推開……

「是開着的！主人一定是一個非常冒失的人，我的意思是冒失的老鼠……」

菲發現那門有一個彈簧鎖，她把鑰匙取了出來。

「嗯！帶着它我們會安全一點。

我不想有被鎖在這裏的可能！

由你保管它，謝利連摩！改變一下，做些有用的事吧！我身上已經掛着太多的攝錄器材了！」

我歎一口氣，順從地把大鑰匙掛在我的腰帶上，然後跟在他們的後面走。

濃縮貓尿

　　打開門後，裏面是一個非常寬敞的房間。我們環視一周，發覺這裏原來是一間實驗室！

　　天花板由難以想像的大石拱頂組成，用古老的圓柱支撐着，而花崗石的柱頭形狀像老鼠頭。拱頂上畫着**抗貓大戰**情景的壁畫⋯⋯

　　我四周逛逛，抬起頭欣賞古老的壁畫，突然——就像傻瓜一樣——我絆了一下，跌倒在地上，頭撞到了地面。

　　我妹妹撿起那絆倒我的東西。

　　是一個簡陋的鐵壺，上面的標籤寫着：

「濃縮貓尿」。

菲偷偷地笑着說：「這就是惡臭的來源！一點也不像幽靈嘛，雖然我由始至終都不相信有幽靈！」

她四周看看，不小心按了一個按鈕：震耳欲聾的「喵喵喵 噢噢噢」聲音打破了寂靜。

菲指着另一個容器說：「這些看起來很像是磷光塗料！我肯定幽靈在黑暗中使用這些東西製造特別效果！而這就是嚇走我們的一連串事件。看看這些攝錄機！我猜是用來監視闖入者的。真是不可思議！」

她指着投映機，尖聲說：「這就是他將

貓影投射在牆上的方法！」

菲打開投映機，我們全都嚇得往後跳。一個巨大無比的**貓影**突然顯現在我們面前的牆壁上。

這槓桿有什麼用？

我們在這奇怪的實驗室裏看見一些不尋常的東西。我正在欣賞十九世紀的古董電動機器的時候，我聽見我的表弟吱吱地說：「這槓桿有什麼用？」

菲、畢粉紅和我一起大聲喊：「**不要碰！**」

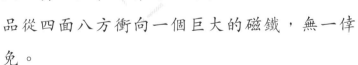

太遲了！

賴皮已經壓下槓桿。突然，實驗室裏所有的金屬製品從四面八方衝向一個巨大的磁鐵，無一倖免。

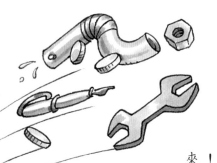

我隨便掛在腰帶上的大鑰匙也無情地將我扯向磁鐵。我被高掛在磁鐵上了。

「救命啊——！放我下來！」我尖叫着。

靈敏如老鼠，畢粉紅把槓桿放回原來的位置。

所有的金屬物品都馬上脫離磁鐵，而我掉到石地板上，嘴巴着地。

「吱吱——！」我呻吟着站起來。

我差點兒就把嘴巴撞得瘀青，把門牙撞崩，差點兒就……差點兒就……

我差點兒就把尾巴的骨頭撞裂……

磁鐵的引力把我扯向上

啊！說來話長……

就在這時，門被打開了。我們轉過身，大吃一驚。

是一隻恐怖的大貓在外面燈光中突顯出來的輪廓：這隻貓至少高6米（連尾巴在內），明顯有18噸重！

牠的頭很大，平嘴巴，尖耳朵，鬍子像是在嗅着老鼠一樣抖動着。

牠的琥珀色眼睛帶着金黃色的斑點，看起來非常殘酷。牠的瞳孔放大，是一隻準備撲向獵物的貓的典型特徵。

但是，這雙眼睛看起來一轉也不轉，而且有點呆滯……**為什麼呢？**

牠濃密的**皮毛**閃爍着奇怪的光，就像是仿製的一樣……**為什麼呢？**

我們聽見金屬摩擦的聲音，那隻貓正用僵硬的、機械的動作向我們走來。

突然，牠用後腳站起來，摘下毛茸茸的頭，把它夾在手肘下！！！

從**機械貓**裏走出來一隻老鼠，他從上面一直滑到地上，然後鎮定地向我們走來。他介紹自己說：「我是安培‧伏特教授！」

我伸出我的手爪。

「啊！我的名字叫**史提頓，謝利連摩‧史提頓！教授**，這是我妹妹菲，表弟賴皮和助理畢粉紅！」

安培‧伏特教授

97

他顯得很高興，問：「史提頓？謝利連摩‧史提頓？那你就是《**神勇鼠智勝海盜貓**》的作者！」

　　他熱情地抓着我的手爪。「那是我最喜愛的書！當我閱讀它時，真的是捧着肚子笑個不停！我的工作很少有機會遇上有趣的事情，所以每當我想開懷大笑時，就會看你的書，例如那本講**吸血鬼**的精彩故事。書名叫什麼呢？《**古堡鬼鼠**》？哦，對了，尊貴的老鼠先生、小姐，我想我還欠你們一個解釋。正如你們已經知道，我是一個**發明家**……例如這個，

就是其中的一個發明。」

　　他鄭重地用手爪指着一個十米長的機器，

「是一個用來煮半熟蛋的機器。很好，是吧？

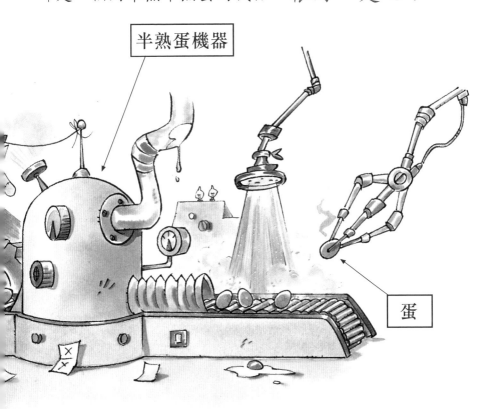

半熟蛋機器

蛋

可惜那麼龐大，但是……」

畢粉紅指着一個放在架子上的用具問：「這是什麼？」

安培似乎很喜歡這個問題。「啊！這絕對是我其中一項成功的發明。我一定要記得申請專利（嗯，我比較冒失）。這是一個……

讓我向你們展示一下。你的鬍子這麼漂亮，來這邊！」

那機器噴出一股蒸汽。

「這個賣多少錢？」

「哇！」賴皮興奮地大叫着，撫摸着他捲

曲得非常完美的鬍子。

「這只是一個**原型**，
就是我做的一個樣本。
當它大量生產的時候，我
再送你一部！」安培承諾。

蒸汽鬍子捲曲器

我喃喃地說：「伏特教授，我們為闖入你
的實驗室道歉。非常抱歉打擾你的實驗！我以
我的名義擔保，我們真的以為幽靈貓在地鐵
站裏遊蕩……」

他暗笑着說：「你們也中計了，對嗎？
啊，説來話**長**。請容許我從頭開始……」

我的最新發明是……

「我的父親是已故的奧鼠路・火藥・伏特伯爵，我出生在愛蒙塔爾乳酪*峽谷的一個貴族家庭。我出生後，原本可以在古老的家族城堡裏過着優游舒適的生活……」安培解釋說。

「但是我的內心有一股對科學研究的熱情，如熊熊烈火。所以我離開家，進入了鼠橋大學，妙鼠城裏最有聲望的大學。在那裏，我得到了**數學、物理、化學、醫學、建築、工程、文學、歷史、考古學和哲學學位**！五十年前，我還很年輕的時候，我策劃妙鼠城地鐵建設工程。我知道每一個彎位、每一塊石頭、每一根柱子……就在挖掘的時候，我有一個重大的發

---

*愛蒙塔爾 (Emmental) 乳酪：以瑞士的愛蒙塔爾這地方命名的乳酪，是超大型的圓形乳酪，顏色淡黃。

現：在城市的地下，有一個古老的地下通道
網，可以追溯到 **抗貓大戰** 的年代！」

　　他繼續說：「這些地下通道的作用是在城
市被圍困的時候可與外界溝通。非常幸運的

是，其中一條隧道仍然完整無缺，所以我決定把它變成一個隱蔽的實驗室。在過去的五十年，我在這裏進行**電磁實驗**，從不受外界絲毫干擾，甚至沒有老鼠覺察我的存在。進出實驗室的通道要比你們採用的通道舒適呢！」

「不好意思，教授！」我說，「但是你為什麼把實驗室設在地鐵的下面？」

安培裂開嘴，笑着說：「因為在這裏，我的實驗不會受到外界電磁干擾，所以是一個理想的地點！」

他問道：「你想知道我的實驗成果是什麼嗎？我會告訴你的，因為我知道你是一隻值得信任的老鼠……我是看你的書時知道的！」他偷偷地笑着。

「正如你看見的，我建造了好幾台電子儀

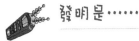

器。那邊的超級大磁鐵就是其中的一台，它可以吸引 300 米內的金屬物體……」他指着那個剛才把我高掛着的裝置說。「但是我的最新發明是**伏特棒**，它可以讓我不必接觸而移動*任何物體*！」

他從腰帶下取出一個看起來像遙控器的小裝置，把它對着賴皮說：「我可以試試嗎？」

就像變魔術一樣，賴皮離地升起來了。

「放我下來！」我表弟抗議說。

安培小心地把他放回地上。

「我肯定生產這個『**東西**』一定能賺很多錢！」賴皮吱吱地說。

安培搖搖頭。「上星期天，有老鼠發現了這個實驗室，還翻查我的筆記。這促使我好好地思考我的

伏特棒

發明品。要是**伏特棒**落到壞老鼠的手爪上會有什麼後果呢？或許這世界還沒準備好接受我的發明，因為它可以令它的主人擁有太大的力量了！」

我們認真地聽着，只有賴皮在大口大口地咬他的洋葱醬煙螺肉三文治，他吃東西的聲音打破了安靜的氣氛。

教授總結說：「我決定離開這間實驗室，因為它的祕密已被揭發了，我繼續做的實驗是需要保密的。**伏特棒**只是個開始，我正在研究更偉大的發明！當我還未完全搬

走的時候，我就用這隻**機械貓**來趕走好事之鼠。我就是駕駛地鐵的老鼠，我也是開關電燈、用磁鐵吸引金屬物體的老

鼠……貓叫聲的錄音也是我的主意，還有牆壁上的貓影、發磷光的貓眼睛、濃縮貓尿……你們都中計了！但是今天我要再度消失，我要去另外一個祕密的藏身地方！」

就在這個時候，莎莉和鼠寶・無名鼠進來了。莎莉看見我，瞪大眼睛說：「史提頓！你在這裏幹什麼？**我說！！！**」

我以我的名譽發誓！

伏特教授嚴厲地責問她：「早安！尖刻鼠小姐！這是你第一次拜訪我的實驗室嗎？」

「當然！」莎莉厚着臉皮尖聲說。「以前一眼也沒看過！**我說**！我以我的名譽發誓！**我說**！！！」

安培打開其中一台機器。

「這錄影帶是上星期天連接警報系統的錄影機攝到的。怎樣解釋呢？尖刻鼠小姐！」

錄影帶播放着莎莉和鼠寶翻箱倒櫃的情形。

莎莉尖叫着：「**很明顯，那不是我！****我說**，這是一個陰謀！**我說**！！！」

安培搖搖頭説：「太多像你這樣的老鼠了，尖刻鼠小姐，你們為了發財什麼事都願意做。**這就是我的實驗要保密的原因！**」

他拿起一個小行李箱，向門口走去，揮揮手向我們道別。我把那枚古老的銀戒指遞給他，低聲説：「**教授**，我相信這是屬於你的，是吧？」

他感動地把戒指戴在小指爪上。

「謝謝你，謝利連摩！這是我們家傳好幾代的戒指，我遺失了！嗯，我是一隻相當冒失的……」

莎莉抓着他的外套袖子：「把你的發明賣給我！**我說**，你要什麼我都可以給你！金錢、成就、名譽、權力……」

伏特教授聳聳肩，微笑着。

莎莉**尖叫說**：「我不接受『不』這個答覆，親愛的，**我說**……在我決定動手以前，甜心，交出你的發明！」

他轉過身：用他的**伏特棒**把她升到空中，小心地放到吊燈上。

他很禮貌地對她說：「親愛的女士，你高高在上面，你的視野會更清楚的！」

安培忍不住大笑，走向出口。

莎莉趁着大家不注意的時候，從吊燈撲向安培的身上，試圖搶走他的**伏特棒**。

「無論如何，我要得到這個發明！**我說！！！**它是屬於我的，只屬於我這一隻老鼠的！我的——！我會很有錢，非常，非常有錢！有錢得簡直可以統治全世界！」

像閃電一樣，安培向房子中間扔出一些東

莎莉撲向安培，試圖奪取伏特棒。

西，整個房間馬上瀰漫着黃色的煙霧，還有一種十分熟悉的氣味。他乘機逃跑了。

他邊跑邊吱吱地說：「這是濃縮葛更佐拉乳酪煙霧彈，絕對無害！是我的另一項發明！」

我在煙霧中探索，找到了實驗室的門口。一個接一個的，我們全都走出實驗室，到達地鐵隧道。

我聽見莎莉憤怒地對她的主編尖叫：「鼠實，全都是你的錯！！你簡直一文不值……」

炮製獨家新聞！

隨着安培教授的離開，地鐵恢復正常了。

一切恢復原狀。

一個月後，我收到一個包裹，根據上面郵票的金額來推斷，它一定來自很遠的地方⋯⋯

給顯赫的老鼠

謝利連摩‧史提頓

《鼠民公報》總裁

約克郡布丁街 13 號樓

13131 妙鼠城（老鼠島）

包裹裏是一些安培的發明，是送給我們的禮物：

- 賴皮喜歡的蒸汽鬍子捲曲器。

- 互動式的 **搖搖** 給畢粉紅。

- 給菲的墨水筆，寫出來的是有乳酪香味的黃色墨水！

- 給我的是一個圓柱體硬紙筒，裏面裝着好幾項工程設計圖。

我拿起一封信，上面被黃色的臘封了口，封口上還有一片乳酪形狀的圖章。我覺得很有趣，開始讀信……

親愛的謝利連摩：

　　我想請你在《鼠民公報》上刊登這封道歉信。我對為妙鼠城居民帶來的不便表示歉意。

　　此外，我想委託你完成妙鼠城地鐵站的重建計劃，這是我給這座城市的禮物，也是我對大家的賠禮！

　　我知道我可以信任你，親愛的謝利連摩。我能一眼辨認出誰是真正的紳士鼠。

安培・伏特

　　我高興地笑了，也很榮幸。

　　安培說得對，我正是一隻**信譽超卓的老鼠**！

　　我打電話給我妹妹。

　　「菲，我們得到了**獨家新聞**！預備頭版頭條吧！」

　　《鼠民公報》的號外像新鮮出爐的蛋糕一

號外！！！

安培·伏特，五十年前設計妙鼠城地鐵的傑出教授，送給妙鼠城一個革新方案！所有的細節，包括教授本鼠的親筆信，全部刊登在第四版的妙鼠城紀事欄內。

樣，非常暢銷！

我收到 **第一電影公司** 的電話，他們想買下我這個故事的版權，然後將它拍成電影。他們提供的版權費真是天文數字啊！

我放下電話的同時，賴皮進來了，「啊 **第一電影公司**！我認識他們董事長的阿姨的男管家的表弟，那就是說我知道全部的內幕！是全部啊！！！那我可佔多少紅利呢？嗯？？？多少啊，老表？」

我是真正的紳士鼠！

　　六個月過去了。我收到另一封用黃色臘封口的信……

> 親愛的謝利連摩：
>
> 　　我正着手進行一項新的、非常特別的實驗：穿梭時空！
>
> 　　你願意參與我的研究嗎？我希望你可以把發生的事情全部記錄下來（因為我相當冒失），然後把我們的冒險經歷寫成書……

　　教授說我們可以回到法老*鼠的年代，然後……

*法老：古埃及及帝王的稱號。

但這已經是另外一個故事⋯⋯另外一本書了！

在信中，伏特教授還向我透露了祕密實驗室的地點，這樣我可以找到他。

什麼？？？

你想知道實驗室在哪裏？

吱吱！對不起，恐怕這不太可能。我已經答應了伏特教授，絕對不會向任何老鼠透露的。

而且，正如我一向對你說的，我是

信譽超卓的老鼠⋯⋯

妙鼠城

老鼠島

1. 大冰湖
2. 毛結冰山
3. 滑溜溜冰川
4. 鼠皮疙瘩山
5. 鼠基斯坦
6. 鼠坦尼亞
7. 吸血鬼山
8. 鐵板鼠火山
9. 硫磺湖
10. 貓止步關
11. 醉酒峯
12. 黑森林
13. 吸血鬼谷
14. 發冷山
15. 黑影關
16. 吝嗇鼠城堡
17. 自然保護公園
18. 拉斯鼠維加斯海岸
19. 化石森林
20. 小鼠湖
21. 中鼠湖
22. 大鼠湖
23. 諾比奧拉乳酪峯
24. 肯尼貓城堡
25. 巨杉山谷
26. 梵提娜乳酪泉
27. 硫磺沼澤
28. 間歇泉
29. 田鼠谷
30. 瘋鼠谷
31. 蚊子沼澤
32. 史卓奇諾乳酪城堡
33. 鼠哈拉沙漠
34. 喘氣駱駝綠洲
35. 第一山
36. 熱帶叢林
37. 蚊子谷
38. 鼠福港
39. 三鼠市
40. 臭味港
41. 壯鼠市
42. 老鼠塔
43. 妙鼠城
44. 海盜貓船

《鼠民公報》大樓

1. 正門
2. 印刷部（印刷圖書和報紙的地方）
3. 會計部
4. 編輯部（編輯、美術設計和繪圖人員工作的地方）
5. 謝利連摩·史提頓的辦公室

老鼠記者 Geronimo Stilton

與老鼠記者一起
歷奇探險走天下！

親愛的鼠迷朋友，
　　　下次再見！

謝利連摩・史提頓

Geronimo Stilton